鳥的戀情 增訂本

麥留芳著

國立中山大學人文研究中心

鳥的戀情增訂本

麥留芳著

國立中山大學人文研究中心出版
臺灣高雄市鼓山區蓮海路 70 號

新王牌印刷事業有限公司承印
臺灣高雄市三民區安東街 163 號

2020 年 11 月初版一刷 平裝
開本 138x178 / 字數 25900 / 印張 7 / 印數 300

ISBN 978-986-98685-8-7
定價新臺幣 269 元

編印「島與半島文叢」的話

◎高嘉謙（科技部「南向華語與文化傳釋」計畫主持人）

島與半島構成的支點是海洋，是遼闊海域的延伸，是外部空間的探索與渡引，一種回看生命與土地的可能。從臺灣這座蕞爾小島出發，往南望去就是島嶼、群島、半島，以及海峽、海灣構成的水陸相連的世界。傳統地理名之為南洋，現代地緣政治稱為東南亞。這些透過海域鏈結起來的島與半島，遍布著多元的人種社群、自然風土與知識脈動。而臺灣是南島語族文化圈的最北端島嶼，在語言或人類學家眼中，甚至可能是南島語族祖先的原鄉。回溯歷史，先民跨海而去，踏足南島，那片南方世界的土地與海水，孕育的風土文明、情思感受，同時註解了島嶼臺灣的前身，過去與現在。

古代航海以針路紀錄船隻的導航，那些留下的針經，是紙上羅盤，也是打開對外交通，遠洋航路的必要配備。「島與半島文叢」，始於張錦忠在西子灣的創意。在這座臨海傍山的學術殿堂，中山大學人文研究中心推出這套叢書，有引路和渡引的意義，恰似書海羅盤，為那些寫於島嶼，或島嶼之外，尤其南海以南，那連結的馬六甲海峽，傳統巫來由海域的世界，生長、扎根於群島與半島的文學，創造一個在島嶼網絡裏的平台。「島與半島文叢」以文學渡引多重的南方世界，不僅是由島至島，也是島與半島的相連，既能為臺灣的島嶼氣息帶來新鮮空氣，亦是開展跨境的南方文學之路。

此叢書由科技部「南向華語與文化傳釋」計畫贊助出版，為臺灣締造南方文學與知識鏈結，彰顯新南向的人文意義。

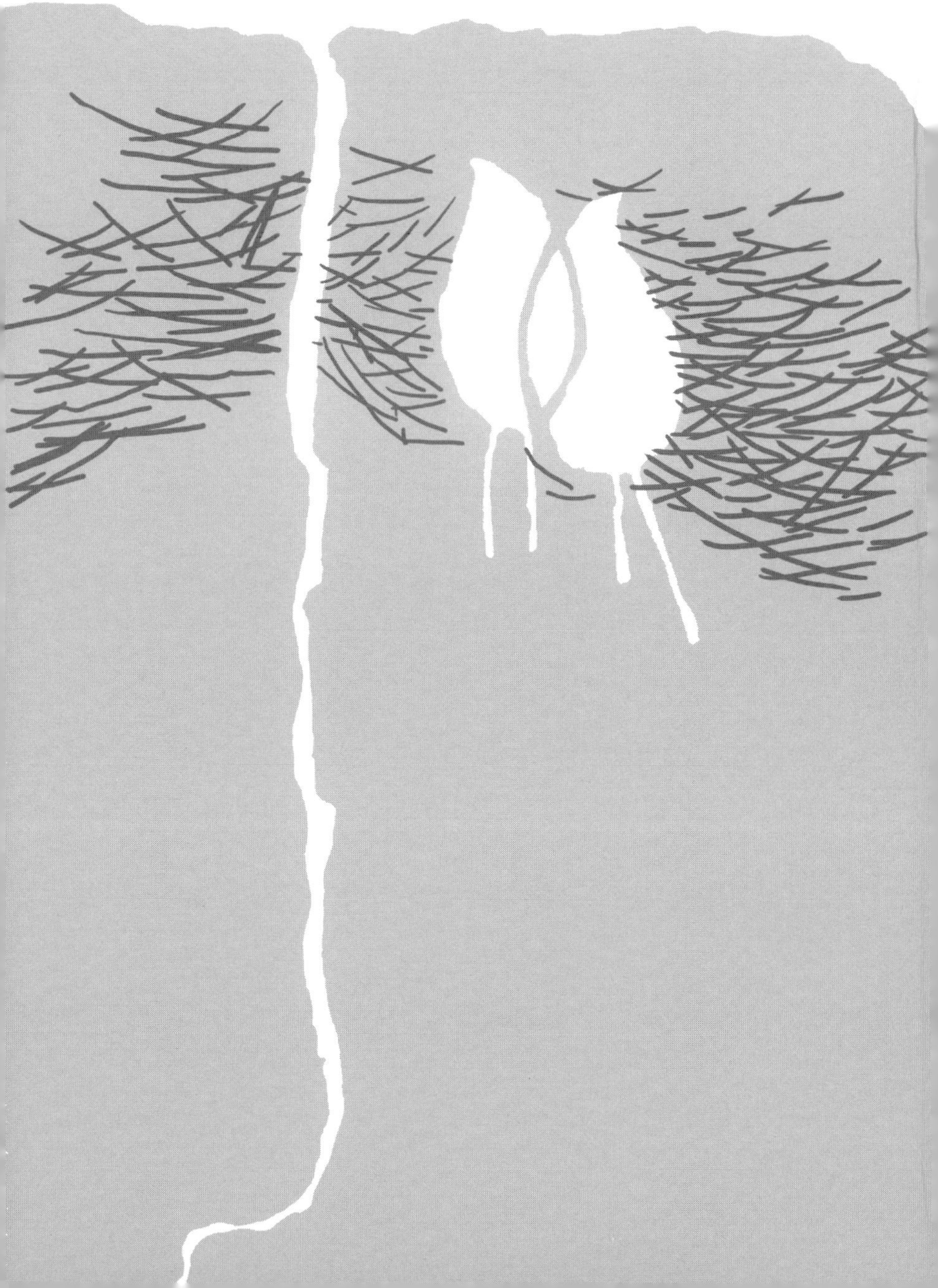

本版作者贅言

本詩集原版在一九六七年印行，五十多年來我保存著一本。雖屬凡果，恐怕也是四海之內所僅存的。也在五十年後我重新把它翻閱一遍，覺得僅有數首尚算差強人意，其餘需修訂的卻不勝其煩。但從文學史料的角度去看，文字應用也該存真：每個時代的流行用語都具有其特色；而每個寫作人的用語也會有年少氣盛、血氣方剛或強說愁的階段。

原版的詩作雖非碩果，但在格式上，包含標點符號，卻也可說給文青帶來了另類選項。這正好也為一九五九年的拙作提供了更具體的例子。不過相較之下，真正亟需訂正的是初版的錯別字。文友劉諦給予增訂版的建議，尤其在詞彙的應用方面，作者實感獲益良多。

原版所包含的詩作有四十二首，多撰寫於一九五九至一九七九年間。新增的有十四首，其中多首在修訂後曾在張永修主編的《南洋商報・南洋文藝》「致敬前行者特輯」上刊登過，時維二〇〇九年十月二十六日及二〇一〇年十月十九日。主編雅稱之為「龍族傳說的組詩」。在二〇一八年我寫下另一篇詩作，也就是本版的第一篇，堪稱之為組詩的完結篇。要妥切地擺佈這些新舊作品，加上大堆簡繁字體的轉換，真個五味雜陳。作者僅嚐到甜味的，其他的多給主編張錦忠教授嘗盡了。

縱觀個人的新詩寫作期，約略可分為三期，即少、青、晚三期，各具特色。

一、文少時代：喜用艱澀的字詞，如鞫審、蠡測、庋藏、嗟惜、喟歎、夜闌、狺狺等。該世代的生活，多充滿漫無邊際的幻想與幻像。詩中所提及的名字，雖都有其人，但對彼思戀之情，純屬單方，故可視為無病呻吟之類。視覺觸覺所及，雖曰以一己的感想為中心，實多囿限於個人日常所接觸的小圈子；這似乎是一般人必經歷的成長過程。不同的是，我的小圈子成員主要是朋友和同學。幼稚是其特色。

二、文青、知青年代：已開始閱世，雖不深，卻也只在真正生病時才呻吟。到成家立室之年，個人幻想、幻象幾已煙消雲散，填入空格的是除了敬業樂業所帶來之喜怒哀樂外，便是個人的社會認同的多度塑造。由於學院朋友及同好不斷增加，學識與視野也隨之擴大，乃開始感到人際關係與社會認同的壓力。憤世嫉俗便接踵而來，即對許多的事物都會持有表內兩種版本，一是鳥語，一是鳥話。

畢竟那還是處於一個敢怒不敢言的年代，還談不上憤怒的一群。原則上，知青年代可涵蓋學院求知及繼後的授業和副業活動；文青的我，則時隱時顯。這年代的詩作多屬理性的憶舊一類，如「增訂輯」裏的五篇「本事」所述。本輯也包含了多篇知識份子的感性作品，如對風雨雲南園和南中國海船民的描繪。個人對各宗教都很尊重，但年青不順意時，或受挫折後，都會怨天尤人，或訴之於羅素或沙特。謹希望那類哀怨的發洩不會被誤釋為對神明的褻瀆。

三、退隱之年代：那是已知天命和從心所欲的年代，或個人智慧逐漸散發的年代。在散文和社會認知方面的書寫，已諸多著墨。雖在詩作方面是乏善可陳，卻也喜見這年代唯一詩作〈高處不勝寒〉祭出了對臍帶文化的發酵。

個人在這年代的學習也應一提。二戰後的一輩所經歷的社會和科技的變遷，可說驚濤駭浪，使人無所適從。縱就在遣字措詞方面，便得與時代流行的漢字書寫接軌。此外，個人是在知天命之年才正式學習中文拼音輸入法。難免的結果是：好些原版使用字還待找回，如有生命的「牠」；女生也想要回的「妳」；採用的古字多被更正或替換，如庋藏、憂鬱。

在原版的自序裏，我曾說很少去理會新詩創作理論。不過，多年來，也確曾撰寫過有關新詩創作的文字，最早的一篇署名杜薩，乃刊登於一九六〇的《南方晚報》。另外的兩篇卻分別在相隔二十年和五十年之後才出現，繼後已被收入二〇一六年的拙作《鳥語鳥話》。

原版自序（節錄）

我在小學六年級時便開始寫作和投稿。第一首新詩乃在初中二時才發表。這些詩作，過去曾以不同的署名發表於星、馬、臺各報章雜誌，所採用的筆名主要是劉放、冷燕秋、杜薩。我一直只在寫，很少去理會寫詩的理論。

作者謹識。一九六七年。春。

目次

第一輯

第二輯

第三輯

第四輯

增訂輯

【塵封於兩廂遙望的故宮歷史從來就是一家言】

高處不勝寒

有個租借給大英帝國的島嶼，期滿後地主中國依法收回。但島上有些年青居民覺得他們失去了應有的殖民地自由，在二〇一八年開始，不時組織各類上街示威運動。到二〇一九年中後幾個月，示威演變成無法無天的暴動——不幸被拙作言中。這顯示他們對其祖國在近代史中所遭受到的恥辱與無力感，認識不深。詩中應用了不少年青人沒甚麼印象的名稱、名詞：盧溝橋、圓明園、葡京娛樂場、八國聯軍、太平天國、故宮博物院、美國第七艦隊。原稿於二〇一八年在澳門新匯影城寫成，發表於二〇一八年十一月三日《星洲日報・文藝春秋》。

鳥的戀情・4

身處三十五層摩天臥室
寒意正濃，重重覆蓋以寂靜片片
在把思維鑄成鋒利的寶劍
時光因之迎刃而解
　剖開一八四二：天佑女皇響徹雲霄
　剖開一九〇〇：八國號角嘹亮破曉

果然發聵振聾，遂坐眺窗外
映入眼簾的是虎視眈眈的巴黎人
咫尺外屠龍的威尼斯人
橫過馬路，遍地花旗，夾藏著木屐大倉
這是夢幻之鄉，這是十里洋場
蹓躂其中，已非緊握煙槍的東亞病態

盡是周旋於輪盤的東方不敗

驟覺南北烽煙彌漫飛揚
起於長城，盡落香江
北望圓明園，餘燼似在復燃
噴水生肖獸枕戈待旦
不能滅火，也逃不過百劫的摧殘
驚見銅馬借宿於葡京客棧

南望鮮奶與蜜糖浮流著的中環
租戶已依約遷還
牽不動的還有幾多愁
盡是搶建第二太平天國的泰斗阿斗

血淚近代史起於蘆溝橋裂縫
塵封於兩廂遙望的故宮
歷史從來就是一家言
四十四隻石獅子欲說無從
太史公再生也盡在不言中

孩子，趕上第七艦隊自由行吧
國歌何必自譜
蘇州過後將走投無路
爭先唱首後庭花的
恐後譜寫聯軍八重唱的
盡在東方之珠

靈魂已死

在一九七八年七月初，我寫下〈靈魂已死〉，正是那時的感受。屈原《九歌》中的〈國殤〉曰：「身既死兮神以靈，魂魄毅兮為鬼雄」。本詩中所表達者則為：靈魂亦會有朝毀滅。人死後，其靈魂尚可懲惡；待靈魂亦遭毀滅時，人間便可為所欲為了。舊日的雲南園裏有兩個小的人造湖，在原建國堂旁的湖已被填平。在行政樓旁的，雖較大，也遠遠比不上汨羅江。湖水雖不深，曾棲有魂。

根據聖經舊約所載，子民為了要直達天堂，便相約建造巴比爾塔(Tower of Babel)。上帝覺得不妥，便擾亂了他們間的溝通語言。不同的聲音太多時，眾志便不能成城。一旦該塔建得太靠近太陽，要就讓后羿把太陽射下，要就找魯班來設計。基督既成為階下囚（見杜斯妥也夫斯基的《卡拉馬助夫兄弟們》[*Brothers Karamazov*]，卷五，第五章），他們豈不是來拋頭顱、灑熱血嗎？本詩略嫌用典過多，希望它們能表述心意。

停駐行政樓的遊覽車
　一乘又一乘　如常
　我在細數魚貫而下的鄉音們
最後一批蜂擁而下也擠不出嶺南音符
先慈應已遠離閻王府

朝天的陽傘負荷不了豔陽熱火
有人走入涼亭、有人擇蔭而臥
　導遊已淌開說書者懸河之口

有時慷慨激昂，有時神采飛揚
猶未發現創校人只鑄了半身銅像

聽說生聚龍牙門的夾豆
　豆箕在釜下燃燒
　豆仁在釜中哀泣
導遊尚不知跳豆也已奔向汨羅江
雖會再來明年的五月初五
　只怕渡江已無岸
　　放舟也無湖

遊客們也許在爭論著巴比爾塔最能耐熱的高度
　主啊，怎不給雲南園子弟一個后羿、一個魯班

大審判官意欲以麵包換取子民的自由
知道了他已把用石頭變成麵包的基督囚於階下
后羿請假，魯班也不來了

雨落雲南園

這是從文學院看出來的雲南園的景象。雲南園雖是南洋大學的象徵，它本身是文學院及行政樓前面那片矗立著建校紀念碑的園地。地理上而言，校園的位置應靠近印尼的蘇門答臘。該時，南大已開始以英語授課，學生群體中，也已有相當數目是來自其他族群或英語源流的。在他們的認知中，校長就是校長，不是俠客。因此，你不能期望他們在南大精神的傳承方面，會有太大的作為；他們「只爭向講堂前座一排」。

來自蘇門答臘海上的陣陣濕霧
如一襲新娘子的薄紗，罩得大王椰飄渺迷濛
風聲、雷聲、雨聲相隨而至，聲聲皆催人

清道工人徐徐走入史碑短亭
籬笆旁尚有人打著洋傘在尋覓往事蹤影

深深的林園彷彿午夜疆場
已滿佈蘚苔的的步階就變得更濕更長：
然多少好漢仗藝而蹈
又多少俠客落荒而逃

割草機軋軋響起，一七四公車轟轟而來
走廊上挾著書本筆記的只爭向講堂前座一排
也不問窗外古柏看盡幾回英雄際會：
有人在韜光養晦，有人一去不回

13・迪沙茹海灘

迪沙茹海灘

迪沙茹原名為Desaru，亦譯迪沙魯，位於新山東北約一百公里處；曾是盛極一時的海濱勝地，也曾是新加坡人趨之若鶩的旅遊點。一九七〇年末期，成千上萬的越南華僑、華人被所在地的政權趕離家園，期望漂洋過海，落腳於其他國家。報導曰這些「船民」被海葬的不知其數。此時也正值雲南園處於水深火熱當中，始有賞景之餘，寄望鄭和再下西洋的聯想。詩中引用「舯舡」，中國史籍釋為船，本地舊日的木船或駁船也音譯為舯舡(tongkang)。

掠過家人夢境幽幽
穿出蚊陣嚨嚨
如蜻蜓點水

父女倆躡足走向海灘睡意尚濃

守候於米南加保橋邊
看水連天外天連水
海樹們正全神鎖住海之角
沙粒群也不停地觸探唇齒之溫
　我們都在靜候破曉

泗泳於滿江血紅
阿波羅終究滑出了海天子宮
旋如大時鐘的秒針
　節節挺升
我們搶先炒去第一批陽光藍籌股

夜航的船民兄弟就不必摸黑暗渡
迅速地火球煮得一夜涼水沸沸揚揚
涔涔冒汗的沙灘在頻頻翻蕩
只見臥沙人匆匆捲斂一席冥想
晨運的過客亦趕忙驅影入陰涼

駕小駿馬的長堤遊客
也不想先輩飄洋過海，先輩如何啟土生聚
串錢通寶已難挽澎湃時序
再來一個媽祖或大伯公
恐也延緩不了即將結束的南柯一夢

南中國海呵，你血淚與希望之海
遠古以來你浮滿未亡人夢寐以償的愛
浮滿白髮與黑髻的期待
五個世紀過後，龍種仍希望再見舯舡
總以為下次季候風來時鄭和會第八次下西洋

小女已悄悄牽拉著我的衣緣：
　爸爸，您所等待的船隻還有多遠
乖乖，它們改道了
　　它們航向海底迪斯耐樂園

17 · 航向南中國海

航向南中國海

南大與新加坡大學決定合併了，老師們即將搬離辦公室，前往一個前程未卜的職場。文學院有位資深員工，名叫「阿水」的，負責老師辦公室的清理。過去他每次見到我，總會問我知不知道世界上最厲害的人是誰。我都會毫不在意的回答是他。「你答對了，你是博士很厲害，我比你更厲害！」。這也是他典型的回覆。我從來不在意他是誰，可是當天我忽然覺得阿水是全校最沒受到影響的人。他十年如一日：他擁有自己的鐘，自己的佛。聽說他曾就讀於華僑中學，後因受到很大的打擊而致精神失常。塞翁失馬，焉知非福。

傾盆之後，風仍冷冽，尚挾著細雨
沉甸甸地迂迴過於文學院長廊

今長廊更長，長如隆冬之夜
往常燈火通明的講堂馬上就得奄奄一息
儼如一座香火已斷的古剎
　和尚們無鐘可敲
　善信們亦無佛可拜

撐著虛脫的軀體我拾級上層樓
迎面而來的正是那語無倫次的工友
他的一個千篇一律的問題，我今天才能給予衷心的回答：
　對的，你是天下最強的人
　你擁有自己的鐘，自己的佛

會客室已把水壺們深鎖

扭開冷氣機，吹送出一股悲涼的歷史
冷水咖啡中我啖出了海水的腥鹹味
船客們大概都在等我以便啟航
正提起最後一捆教科書，咯咯敲聲後進來個探頭：
老師，產業組要回辦公室鑰匙
好的，小姐，我是最後一個上船的嗎？

船纜已收
船將駛離龍牙門
船將開往南中國海

文禮園、除夕淚

在上世紀七十年代，座落在雲南園外的文禮園算得是個國際大鎮。該時新加坡處於工業化的巔峰，千百個馬來西亞的客工，通常都聚落在裕廊和文禮。因為文禮的購物商場比較多，而且交通也比較發達，每年要回家的客工，大多從文禮園搭乘夜車回國。

伯樂判定的劣馬
步伐蹣跚地走向年的終站
生產力隊伍已開進文禮園的燦爛燈光
工業化填滿了他們的行囊

無動於唱片歌手們千百遍後已沙啞的喉嚨

棋佈星羅的商品近乎免費贈送
一桌又一桌的邊際人
握著金樽、對向明月、把拳上下比劃
浮出滿嘴的盡是童話、鬼話、神話、屁話
水井邊的孩子在等著的是「西風的話」

蘇武所牧將氣急敗壞地沖進年關
第一聲祝賀就在夜總會播放
第一串鞭炮將在家鄉的豬寮燃上
來，讓咱們趁早把青島啤乾杯
也不必理我們呵，牛車水的兄弟
店子關門咱們就走，走向長堤

本事之一：秋天校園

還浸濡著澄清湖的清澈明亮
小愛人相約在宿舍
我倆打著雨傘過魚塘
魚娘們在暗地裏發笑
　笑年青人都愛荒唐
　笑野菌下的都輕佻

哦哦蛙鳴催起了農家的灶煙
它熏乾了綿綿細雨
再撲向黃昏天
灌木叢下依然填滿了卿卿我我

23・本事之一：秋天校園

我獨挽著小愛人
到操場追捕星光與螢火

本事之二：玉山風雲

吊著寂寞的稻穗被收割後
宿舍旁的魚娘們也換上了西門町最流行的冬裝
活動中心已不再引人入勝
小愛人決定要看雲海，要上玉山

那年上山的火車爬得最緩慢
我的故事由女生宿舍說到山巒
　還可說到排雲山莊

沿途洌風陣陣
　小愛人偷偷地把冰凍的手寄放在我風衣袋裏

25・本事之二：玉山風雲

還嬉笑問我冷不冷
看她臉上的微血管快要爆裂了
我怎會說冷
　再多百磅風，再下十丈雪
　都不會冷，也不能冷
小愛人安慰地傻笑了
趕緊搓個永不消融的雪團

本事之三：春天的碧潭

玉山頂上最後的一個雪團消融時
是春來了，我送小愛人一束小藍鐘
最忌妒我倆的是陽明山的花神
櫻花包著賞花人，賞花人圍著小愛人
我們滿懷四季不謝的希望，哪怕驕陽多燙多滾

圓通寺內求籤人兒戰戰兢兢
小愛人何必鬱悒於不祥的簽語
你不也瞧瞧，遊客走盡
笑佛深知緣訂前生，依然笑面迎人
把鬱悒塗在大佛的臉上吧，何必帶回家

下來的一季，大佛又汗流浹背
我帶小愛人泛舟碧潭
小方舟滿載年輕人的青春
沒有緬懷，只有憧憬
從來也不問，方舟是否要泊岸

擠出了消化不良的南○車廂
回到校園，滿街的霓虹燈已經吸乾這一季的汗水
走盡了兩排的大王椰，故事仍未說完
明年，雖魚娘們尚未出嫁，玉山之頂仍白，圓通大佛還在笑
而方舟還是要靠岸的
明年，明年小愛人還會在魚塘等我嗎

本事之四：阿里山神木

我們也上阿里山
一大早小愛人就推醒我坐看雲海日出
她卻踩著踝鈴在神木前蹦跳
我說愛情也像上山火車，進三步後退兩步
她把愛情比作荒漠駱駝，再大的風沙也會到站

走離傳園後，火車駱駝也偏離了原道
終站是一棟既深又沉的古剎
　撐著夢的翅膀我常去空門獨守
你乘駱駝的也去過嗎，是否又誤點了

本事之五：限時專送

提起滿囊不捨，我遠離第六宿舍
已記不起排雲山莊落木幾許，落日幾回
也不曉得登玉山的是否在黃昏前趕到紮營
只怕看到器宇昂昂的大王椰
在淡淡的三月天徐徐落淚
霏霏細雨後的傅園，可會比你更消瘦？
一個難挨的銀白季節又要到來了
掏我手帕揉擦眼淚的，您在哭泣嗎？
　知否我每夜還夢遊阿里山
只想掇拾你遺落的淚珠

用手帕包好，再郵寄

「限時專送」又沒地址
還記得山上飛鴿傳書的時間表嗎
難道遞送已改到一生一次
　下次收件恐怕是來生了

讓我透支來生吧
　夢你，在傅園、在新生大樓

（以上五篇「本事」稿於一九七〇年加拿大滑鐵盧雪夜／二〇一〇年重修）

給艾娜絲

我知道你要來，我卻不能等待
要是你走後我們不再相見
我們又何必相見在今天

啊，不會知道
你帶走的僅是一片微雲
你留下的卻是一湖虹彩
說春堤泛舟是偶然
湖畔的熒火卻燃燒向天涯
懷著這湖永恆的虹彩

鳥的戀情・32

我將又飄洋過海
沒人知道我明天身在何處
也許我們會再相見
最好不再
但我們不相期待

我們不相期待
我知道你要來
所以我不等待，所以我不等待

過客情懷（給隆昇與月明）

向唐人街只一揮手
快速的膠輪輾破了皇后大道的蕭瑟
我們駛離了懸掛在多倫多鐵塔的深秋
窗外強風吹皺的落木雖無際無邊
滿車低迴的兒歌正為愛女催眠

車開著，當我仍在細想
抱病登高的人也可無視於滾滾前浪
兄嫂何必怯於巴生河突變紅溪流長
前車的右轉訊號燈倏忽閃動
把我們帶入了滑鐵盧的初冬

下次再見時，彼此鬢髮恐已成秋霜
雪季明年一定再來，一定再白
鬢髮能再白幾趟

（撰於一九七七年九月加拿大滑鐵盧）

35・寄李迎

寄李迎

【附言】在一九五九年十二月十六日《南方晚報》「綠洲」版，以冷豔秋（應是冷燕秋之誤）筆名，刊有兩首共冠標題為〈很難寄出的心語〉的詩作（見新加坡國家圖書館微卷編號N2894）。其中〈寄父親〉所述，與個人的身世並不完全符合，大概是報館手民之誤，故略去。被略去的另一首名為〈夜曲〉的，是發表於白垚主編的《美的V形》，蕉風月刊出版（一九五九年六月）。筆名亦有錯誤。雖在出版社給作者的贈閱本上，主編已親筆更正為冷燕秋，但不知其他版本有否更正。

【首二行模糊，以下是第三、四行】

正是你合眼之時——
　欲把悲哀逐出心胸。

還聞到日間墓穴的氣息？
山塚的風仍在你鼻下徘徊。
　呵，你的淚染上了色彩，
不須睜開眼睛，不要再追究既往，
思潮還依舊將你浸蝕。

當十月初七那一天由日曆爬出，
你心中又一陣子恐懼和抽痛。
　今夜，幽魂將歸來安息，
在窗前，佩掛著白幡，

37．寄李迎

燭火就乍明乍滅。

縱有闊厚的吸水紙，
怕只怕吸不盡
你泉湧的淚。

聲嘶力竭了，
你淚仍未乾。
同在一個夜，
同在一個天，
我們在異地相守，
相守到天明，
你我無眠。

第一輯

【我常是一名過客，我帶著感情在感情中流蕩】

鳥的戀情

昨夜，冷風吹醒了睡眼，
是你為我蓋上層層乾草，
當月亮第一次出現？
我該怎樣感謝你才好，
你卻仰望著漆黑的長天。

月亮照進巢裏面，
為枯草裝上了金套；
樹下的流泉依舊在飛濺。
我願跟隨你跑，
任是海角天邊。

今夜，鳴蟲催失了睡眠；
醒來你已遠逃。
多次振起欲斷的翅膀再飛翔，
你卻安然地躺在富人的籠牢，
虧我找遍了山谷、田野、林間！

虛榮伴俟著你年年，
昔日青蒼的樹木今已老，
無盡期的恨綿綿；
我要在你籠外號啕，
天崩地裂，我的心永久不變！

43・我的心在馬六甲海濱

我的心在馬六甲海濱

濤聲驚破了殘夢，
浩風吹移了朦朧；
　無停息的海水仍然衝激，
　雖遠山已接遮濃霧重重。

當第一朵花瓣逡出海天隙縫，
最高的浪濤以白臂探觸藍空；
　是或不滿足於這瞬息的憮籍，
　一波未平繼起了另一的濺動！

晚霞裏漁舟儎歸一船勞苦，
暮色欲把寂寞的孤島消融，

飄渺遙遠的山巒更飄渺遙遠啊，
　空留燎燃的漁火將夜幕映紅！

是女媧氏志願未成埋骨黃土？
天河的流水依舊向崩口篩沖，
　遼闊的海灘漸被浸沒啊，
　海邊的枯木在抵禦寒凍！

一切的喧嘩叫囂將被汐音蓋覆，
猶有葉子在樹枝飄碰；
　歸去吧，你海邊的姑娘，
　夜闌的海風吹濕了你的裙裾，
浸灌的波濤未識你的苦衷！

懷望

一顆黃紅的燈火爆了，
幾片零散的火花向上飛濺，
淅的重又投入海的懷抱，
曳起了看不見的漣漪。

任有千千回的激浪，
沖不掉我對山城的懷念；
任有萬萬次的浩風，
吹不掉我對芳芳的思戀。

這時山城該已酣睡，

除卻群星眨眼不眠；
芳芳也應該安寢了吧，
讓我的靈魂流落在她夢間！

夜航的漁船漸漸朦遠，
海面上變成漆黑一片；
午夜倚著欄杆眺望，
煩惱寄出第七次的信件！

幻

我的夢境長滿刺兒尖尖，
星月被刺得懼懼顫動，
掇拾枯葉，人在西風裏，
誰能料後園的夜色多濃。

你匆匆地出現我夢門，
你緣何直逃？你緣何回奔？
你的面容模糊了，
是我橫頰而下的淚痕！

露珠在你耳畔凝結，

緣何往事在你唇瓣不靜？
哎，又是磅礡的煙雲千千，
怎不教我緬懷？掩耳拒聽？

夜色將你背影消融，
留下一個永恆的寂寞，一個虛空！
重關上夜後的門扉，
聽取夢魂細數幽怨重重。

感情線外

夕陽搜集最美豔的弧形迴光圈我，
不陶醉於此刻，我乃與理智同行，
有人尚沉湎於初戀的第一個吻上。

火紅的木鳳凰太富情感了，
夜出的鳥拓們已啄取數朵返回赤道邊緣；
在另一晝之始，沉日之後。

感情如已被時光戕害的巨獸，
它狂奔過昨日的門楣，
它將又一股作氣衝出今日最末一道防線，

知它將不支倒下，倒斃在
明天的理智群中。

如此殷紅絢燦之落日，
我乃有千萬感慨，
我站立感情之線外。

狂人

（一）

愛情是座標，權威是點
我是解析幾何

甫出一個混沌深邃的世界
我乃被孕育以數世紀之下流
豈是遍野的金圓能斷欲望
豈是一碑之我名能予滿足

（二）

擬獻愛於波德申海邊之女

愛她青春，愛她伶俐
愛她溫馨，愛她俏麗
然命運之神竟殘酷如此
沉我希願於泰晤士河之心
愛遂在冥冥之域掙扎
在冥冥之城掙扎

（三）
欲揭天之靈蓋，欲探地之黃泉
我將被置於窮困與死亡的縱橫線上
集智慧之結晶，集胴體之熱
以雙掌之巨能，檢
窮困之縱線歸返宙斯，遣

死亡之橫線回附基督
我是第三行星主宰

（四）
注入各以十ＣＣ的理智
刮洗地球的流毒於一瞬
　我仍須乘光的疾輪
　　借童話之木桶
乾揚子江，伏爾加河之水液
枯亞馬遜，密士失必之河床
　當愛偶然浮現於泰晤士河之面
我乃第三行星主宰

悔

回憶十一月，我在黃昏之緣
　有感於廿年的愛將霉朽
它們也許死於黑夜以後一條深溝
或灰化在旅人精緻的煙斗中

我常是一名過客，我帶著感情在感情中流蕩
　這是最末一次了，我收回所有感情
　以希治曼之殘暴跋扈之態
屠殺感情集團於十一月最後一道彩虹

想獵者縱只狩獲周野之日暮

該也吹著輕鬆的口哨歸返茅舍
　而我是博弈者，早已輸光滿囊活躍。我也該
離去，踏入一道茫茫的、晦暗的路
回憶十一月，我在黃昏之緣

彌撒日

滿街滿巷的陽光如初熟的稻
它們懸吊高樓，也掛佩小草
織布鳥早已垂涎地啄一口返巢
　留待晚深時引路

更多參加彌撒的人的腳步卻也
　踩踏不碎帶攜不了，於是
滿街滿巷的陽光依是完整地鋪著

聽教堂第一次瀲亮的鐘聲響起
兀立的十字架更顯得莊嚴肅穆

刻下的教堂已滿佈希望與愉悅
你伶俐的姑娘何不參加祈禱呢
也不擬擁一份溫和如你的陽光嗎
你可以遺下頭上綴著的白紗
你可以失落腋下挾著的聖經
但姑娘啊？請謹守主上安息日

舊日

年青時代最愛呆坐一下午，
想一段日子的青春與快樂；
然當往事都如長虹之逝，
那一期的時光卻變得苦悶和落寞！

寥闃的夜裏我喜歡獨坐中庭，
默默瞅對永恆的星星和銀河；
常常這樣想一個遠方的人，
常常這樣把難挨的夜晚挨過。

在一組回憶中我好比無羈的沙鷗，

接下來卻有無盡的喟歎與驚訝。
漸地裏我更愛靜聽荒漠的駝鈴，
從此心湖便枯竭猶如戈壁風沙！
最綺麗的憧憬會像海市蜃樓，
今後只用一顆心欣賞鳳凰與烏鴉。
心窩現已狹窄如同海天隙罅，
再也容不下一個你我他！

我。旅人

聆聽Summer Place時我仍在想你
夏日早已整裝返回南半球
最後的玫瑰已謝了
我尚戀棧於秋天竊來的眼波

眼底風沙飄颺的日子將為
猩紅的夕陽擊潰，沉落湖之央
在淚痕斑駁中我將無法唱完異鄉寒夜曲

原諒我吧，森嚴冷冽的天氣我怕回憶
自混沌、荒唐及昏庸的圈子出來

我的情愛不再過著吉卜賽生活

羈旅的愁霧又在困我
我欲振翅長嘯，乘風歸去
誰料迢迢重洋，何處是歸程

旅人從荊棘叢林走出，旅人又進入
阿拉伯的駱駝商隊。商隊在
長沙留下並不孤單，但寂寞的
駝蹄與腳印的組合圖案，旅人前進
（圖案也是短暫的，如旅人的青春）

商隊散了，旅人昂首窮目群峰之頂

完成這一程吧，不，旅人鬍子已繞頷
站立於灰土之上的，將又偃臥灰土之下
商隊散了，旅人生命之方格已填滿
繳出這覽表予歷史批判吧，旅人一息奄奄

接受存在主義的定讞：旅人是我，我是旅人
愛情空白、生命空白、旅人的努力空白！

聆聽Summer Place的死了，Summer Place仍在人間
跋涉炎熱戈壁的旅人死了，新的駝鈴再次響起
愛情空白、生命空白、旅人的努力空白！

第二輯

【你笑赤裸的小孩汐漲時圍城
我說沉溺愛河的同是無知的人】

惜別夜語

今夜的高原襲來蝕骨的冷氣，
而我們有灼熱的心坎；
何必哀慟於這珍貴的瞬息？
過度的悽楚徒令人消極悲觀！

十八天的生活刻畫於我的腦海，
三星期的情誼烙印在我的心版；
請別再嗟惜這殘酷的安排，
歸返家園後我願搧起這感情的挑擔！

瞧，洋燭的光亮行將晦滅，

皚白的臘淚在細數落寞；
聽否窗外有簌簌的雨及蕭蕭的風？
別再傷感了，你的淚顆會滴破我的心膜！

如蒲公英的種子明天你我都得飄散，
而黃土崗上猶遺有你的足跡；
這寧謐的房屋明日會被圍以空曠，
而萋萋的野草將盤守一片孤單蕭寂！

要述說也只有這僅僅一刻，
分手後或許誰也見不了誰；
說呀，說你曾為這遠大的理想啜泣，
說呀，說你曾為那純摯的情誼流淚！

來吧，唱最後一遍我們喜愛的歌，
好把滿懷的悽惶與悱惻由胸膛驅出。
恒遠地惦記這惜別之夜——
還有那門外的花草樹木！

雖我不曾放聲嚎哭，
而我的心裏比誰都要難過。
唉，長短針又會晤於第十二驛站了，
祝福吧，請別再將唇瓣深鎖！

仰起頭來讓我看看你，
我要把臉孔作為一個永久的懷念；

任是再多的誘惑和打擊擺在眼前，
我的心也不會改變！

當我離去

當我離去
帶滿懷蕭寂和戚悶
披一身星光與寒凍
　前途迢迢喲　倩倩
　別後願我常念你在我心中

傷時的夜蟲給我鳴奏〈再相見〉
疲憊的路燈為我裁減寂寥的藩籬
只是有一回最響最沉重的鐘聲
再次令我依依　令我依依
呵　倩倩　我仍摸不到

夜的邊緣　而我只察覺
一隊一隊的空虛與我同行
一蔟一蔟的倦悃伴我入眠

當我離去
近打河正在哀怨地嗚咽
它在講述一堆傷心的日子
以及一片難忘的回憶
可是喲　將不願聆聽
我有比它更多的愛情故事

當我離去
帶滿懷蕭寂和戚悶

披一身星光與寒凍
前途茫茫喲　倩倩
別後願你常念我在你心中

浪人夜

（一）

憑窗偎依著單薄的欄杆，
看幾圈時節的火花，及爆煙幕幕；
知是春又佩著踝鈴趕抵人間，
曉誰正被圍以重重淒清與孤獨！

（二）

遺落紀念碑的沮喪想已被年拾起，
也許要在寒冽的扯旗山度宿一夜啦；
遠眺小弄曖昧的火光點點，焉知
尚有更淡的心、更冷的臉龐！

（三）

豪飲一夜潑粉之精髓於夢中小樓，
迫鎖七十小時之煩悶於醉之牢獄。
我憧憬四年後不再平凡的日子，
年青的心不再彷徨與憂悒！

（四）

凝狼藉的杯盤，新春已被射落瓶中，
失去理智的靈魂又傲然狂笑了！
再醉這一杯吧，新春將盡。明朝
明朝心中怕又滿是離人之淚
我靜靜地離去，正如我靜靜地到來

兩年

我不想苛責你的幼稚與天真，
七百多天寂寞的日子誰都難過，
夜闌時我曾窺見隕石墜地，
你有看過多少星星偷渡銀河！

偶爾的的誤會不應當是大錯，
讓我們都原宥過去的無知，
我願接受再多精神的折磨！

古城的海風拂開了你感情的門扉，
邦咯的浪花浸濕了你枯竭的心田，

只要你牢記這兩隻海上的故事，
將來告訴我倆的孩兒說：
「年青時我的心靈曾被敲破！」

七月時

晰咧，橡實剝裂了口縫，
蕭索的橡膠籽蜚說六月盡了：
　昨夜，爛泥河在戚戚嗚咽，
向晚，尚有罡風吹抹避雷針頂。

七月在你家屋簷的鉤角掛落，
今朝桌上猶留玉蘭花的殘萼，
　不欲再諦聽了，七月的琴如同啞鈴。

冷冽的早風，將把
　你眉睫間的積怨拂沒；

瞧，你的天真與活潑將無處躲藏。
日落時，我寄你以彩虹一抹。

緣何厭看七月的淚顆，
又不喜惦七月落魄的人呢！
呵呵，你我都寂寞！

懷念曲

漫步皚白細柔的沙灘上
迎受滿身野風掠拂
你一頭秀髮已被吹散啦
你怎不止步讓我為你整束

檢取一隻閃亮的貝殼
你臉上的愉悅無從描述
你道只有這美麗的海濱
才有那麼絢燦的產物

你笑赤踝的小孩汐漲時圍城

我說沉溺愛河的同是無知的人
於是你羞澀地笑了
笑著，我們走入波德申的黃昏

波德申三月

迂闊的沙灘不允許留下任何足跡，
滔滔的海水沖不滅我倆的身影；
請別讚說海濱的夕陽無限好，
絢燦的波德申海濱落霞只是你笑靨的萬一！

你秀麗的髮鬢旖旎了西海岸風光，
外出的漁舟被迷醉得忘了歸航。
任是這海與天放出更多的蠱惑，
我獨愛聽你黃昏的小唱！

提起你纖細的雙足吧，

瘋狂的波濤將把你的足踝濺濕。
我堅信謠言會像海灘上的腳印，
再深再大也終夷為平沙！

別再惱視我以烏溜溜的眸珠，
你美麗的小腮會令我無言。
我願意接受更多的艱辛與折擾，
因愛的意念只產生於這最寂一刻！

你何必理會這海風的絮聒與輕佻，
你我同有一顆急遽跳動的心！
別要問我倆的的感情何時終結，
且看這波德申的海水何時停止衝擊！

無題

白天的喧囂與笑靨盡去了，
今夜你將會於惡夢中驚醒；
你就任淚珠滑落枕畔吧，
美好的往事會令你心坎更悄靜。

記憶中尚有波德申落日儀態萬千，
而我更難忘於你家嗥叫的牛群；
十二月的高原冷風依然嗬嗬，
你將何日重覓得昔日的腳印？

閉上你倦慵的雙瞼吧！

83 · 無題

我祈禱你年青的生命加上彩虹；
請勿再流連於愛與被愛的日子，
夜央裏我已數度哀戚悲慟。

你不必難過於環境殘酷的安排，
更多的苦惱有更大的成功。
要你的笑聲仍清脆一如銀鈴，
風雨過後將有一天的碧空！

去國時

帶一臉非正式的可掬的笑容
領一身過早的榮光
　在萬籟鼎沸中你仍聽到微言叮囑
　就僅那麼一席話，知你
淚囊已盈滿，你悲哀已延漲

察及你母親灰黯的淚痕嗎？
裏面蘊藏著無限心酸與淒惻
　然你又如何說，媽
　讓我拭去你滿頰的斑斑淚跡吧
於是你憤慨於命運之神

而永生的上帝焉能再曰
　其愛普及塵寰一石一沙

絢燦如虹的青春光彩已漸剝褪
下來淒寂的日子又該如何過渡
　知你快樂已盡，你感情已靜似古潭逝水

軋軋的機聲更響了
進去吧，你心如鉛重
　讓你留在人們心中的
　仍留在人們的心中
別後凝鑄你過早的榮光於
　風霜雪雨的國度吧

再次的回歸，你但有空聽
烏魯冷岳流水淙淙

古老的歌

一九五九年你從冷顫的懷抱裏走出來
一九五九年你又投入一群粗獷的野吻中
　二月的日子竟是最長
長似你綴連的髮鬢
長似你不可告解的罪愆
浮華世界的頭子槍斃了，華德醫生死於十誡
讓虛榮埋葬親愛的小婦人吧！

馬六甲海峽已激不起愛情的波濤
　贈你長堤金冕的人度入了茫茫之途
　描你海倫美貌的人消失於暴雨狂風
你南國的小婦人呵，毅然

踏出感情圈圍的，你不想
有人揹滿囊思緒去國千里
有人徘徊衡陽街頭覓尋夕陽呢
　你水銀般的情愫該生活於溫度計了

瞧，跳青春舞曲的總是年青的一代
琴音起處，有人在懺悔
　　有人在緬懷

敗家的子孫已逃光的老樹在
太平間的玻璃窗外抖索，北風發發，爆竹劈啪
傳統客人來得過早了。此刻我躺在
躺在上帝與撒旦博奕的地方。此刻我有如
約伯（約伯帶滿身瘋毒祈禱了，

約伯在天之賞賜是鉅大的）

死亡是賦予的，不能拒收，亦不能轉讓
多次擬置死亡於委託行我願意低價廉售
唉，小婦人，尼采早宣稱上帝死亡
卡夫卡們意圖由人類血液中剔出天主
哪，小婦人
逝後我兩魂歸何處呢？還愛我嗎？
人是要死的，人是要死的

在博泥之下我仍緊記一九五九
跳青春舞曲的還是年青的一代

告解

在修長站廊的碎影裏
神的威嚴掉落，瑪利亞已泣不成聲
我頓悟自己乃一感情獵者

畋獵少女之愛，狩取少女的青春
情愛已枯萎於九十角度的熱線中
少女的青春也打著白幡悄然入土
尋求萬有真源的，披一身黑紗
　含滿腔悲憤，跪下
在聖母石膏塑像之前
沉重的十字架的鐘聲蓋沒了Mustapha的旋律

你該記起台下瘋狂的群眾要求Encore

黑夜提攜犯罪而來，有人
　又在校園細數天蝦及獵戶座星了
基督啊，你看守的應是莎士比亞的弱者
束我雙手吧，在神之靈儀前就範

今年傅園的春天好冷
　冷如銅像，冷如貧血的山茶
看陽明山上盡又是兒女私情
主呵，把我的獵器都廢毀吧
我何時可泅泳於約旦河？

誰曉馬丁路德魂歸何處
讓我們在地獄對簿公堂吧！

第三輯

【呵，我要存在，碩然地存在，存在。在驚濤駭浪中，在上了鎖的黑夜裏】

本事

十月的步伐又輕又慢
輕似牽牛花的攀爬，慢如夕陽西下
春天在長壽煙霧裏滾動而過
故事就此完結，我看不完一夜飛鴉

故事開始於湖畔，開始於枯槁枝椏
那年秋天，提著母親的叮嚀
在散飄絮雨中我長途跋涉而來
我不帶情，也不帶愛，孤寂的心
如同禪院的梵音，沒有風沙，也沒雲彩

斜街長巷我只見街燈朦朧，是
落魄又落魄的過客，我來去也匆匆

當神木詠歎墜落雲海
南海的風暴已掠過斷崖
　守那個漫長森冷之夜
我在探戈和狐步之外
別後，寂寞的列車總喜歡停驛你前窗
你就不該把哀傷塗抹在鏡框

媽噙淚說愛我罪孽一生
而媽我已自築墳墓，當我死後
　親愛的不要哭泣

以隆冬葬我，以蕭索葬我
愛的空洞一如父親，那只是
普羅米修士的火，驅走了黑暗
照不亮我心坎

十月的步伐又輕又慢
輕似牽牛花的攀爬，慢如夕陽西下
春天在長壽煙霧裏滾動而過
故事就此完結，我看不完一夜飛鴉

灰色之旅

離開了西班牙傳統的袖珍亞美利加
離開了貧血和煙塵交織的馬尼拉
　呂宋迷糊的燈光遂消失於茫茫
隨後一個島嶼已漆黑如深潭
此刻，此刻我們正指向南中國海的心臟

甲板上的寧謐已為千堆野浪所荼毒
這龐然怪物在狂風大組合中原始地舞踴
它的旅客們已無暇臥看北斗星辰
親愛的教徒們正在盼禱Jona的奇跡出現於朦朧
我幾已奄奄一息，在骰子盤似的艙內

靈魂恐將退歸基督，最後的審判
也許在明天，也許就要降臨

我亟待拯救，我不貪念天國，九泉也可棲宿
冥冥中我瞥見受膏者被釘的創痛，以及
　　佛陀在菩提樹下的靜誦
我仍存在，碩然地存在，存在。在
驚濤駭浪中，在上了鎖的黑夜裏

湄南河已遠，孤島尚在前程
望不斷遠上雲天浩浩之水
看不盡六根未淨的無常蒼狗
擬合什禪定於今夜，我要遠別塵俗

小愛人望穿秋水，母親又在何方
呵，我要存在，碩然地存在，存在
　在驚濤駭浪中，在上了鎖的黑夜裏

我來了，邦咯島！

（一）

我又靜靜地來了，邦咯島，
當你正酣睡未醒的時候；
你矯健的孩兒卻已駕著漁船，
在凶濤中迴環圈兜。

我認不清他們每個人的臉龐，
只在船上向他們點點頭；
於是他們撒網了，
驚起剛剛盥洗好了的海鷗。

（二）

你早，邦咯島！
船停了，我開始在你身邊逕走；
你不怪我打擾？
因我使你難受。

你該沒有忘記，
第一次當我在你懷抱裏跑一周，
我感到很多的快樂，
雖然弄髒了雙手。

（三）

你較前蒼老了，邦咯島，

看那昔日青翠的綠洲，
擁抱著澄藍的大海；
今天卻埃塵縷縷。

鳥兒不再鳴唱了，
雖然果實早已熟透；
你害怕地蜷身而伏，
當浪潮多次的怒吼。

我要在你的胸懷中暢度數天，
或而你對我更會體貼溫柔；
我先向你說聲謝謝，
因再一次的會晤得在很久以後。

（四）

我又悄悄地走了，邦咯島，
當你正酣睡未醒的時候；
你矯健的孩兒卻已駕著漁船，
在凶濤中迴環圈兒。

這次我呼喚他們的名字了，
我對他們都很稔熟；
多堅忍的孩兒呵，
在和海浪殊死博鬥！

（五）

海風在侵蝕者你，

你的面容更憔悴，更消瘦；
別了，聚會再無定期，
你心中該有更辛酸的離愁。

我已消失了來時的興致，
緊挽著萬縷哀絲的中軸；
我再也不敢回想，
我更不擬再多留逗。

別了！邦咯島，
願你延年益壽；
永遠偎依著馬六甲海岸，
安祥地度過地球中每一夜，每一晝！

寄母親

假如我就這樣離去，
毫不牽念，也不欲後悔，
那時，媽，在神靈之前佑妳兒吧——
妳說：他不忍看我流淚，
他毅然地去了，他還深深愛我的！

宛如一個冷血而草率的過客，
我匆匆地跑過廿根燈柱。
只是太晦暗的火光照不亮我的生命！
刻下，第廿一根街燈出現了，
這微微的光又何其曖昧呢！

我的生命猶如一具朽蝕的琴，
曾愛過它的人也不欲再奏彈，
媽，但願你能珍惜著它，
如珍惜你那陳舊的髮梳一般！

我可真的會毫不牽念，
也不欲後悔的！
每夜，我都將敞開夢門俟候，
媽，你就進來看看你的孩兒吧，
因再次相見你鬢髮將斑白如灰！
當靜闃懼懼撤離，
夢國會被強烈的陽光戳滅，

母親呵，我的心有萬斛愁呢！
就此離去吧，媽，
我真的毫不牽念，也不欲後悔的！

致唱者

暄囂的音籟已為靜所荼毒，
都市的繁華幾至奄奄一息。
犬狗們正欲追朔過去的豔史，
　而你流浪的賣唱人的蛩音好響啊！
　知否街燈的睡意全給抖落暗溝啦！
椰箭上的倦鳥已開始怨懟，
更有夜梟笑你雙目可較強差！

流浪的賣唱人啊，
你能唱多少首慷慨激昂的歌呢？
夜島上有著數不盡的憤懣與呻吟，
而廿世紀是一首唱不完且又

悲壯沉鬱的歌啊！

雖你胡琴的弦索行將斷脫，
我還願為你傾耳，
　聆聽你最富感情的一曲——
你就歌你青色的年代吧！

披這異國的月光回去吧，
你胡琴的弦索斷脫了，
你沙啞的嗓子更沙啞了！
你應該知道——
廿世紀是一組唱不完且又
　悲壯沉鬱的歌啊！

致逝者

我已測得你會過一段
寂寂又焭焭的日子如今
你到底都捨棄塵寰的空氣與人
游離於邪惡罪孽之外

你依偎著月亮和星星
知走入愛圈的情感都空虛夭折了
舉白幡劈新棺以你無窮之能吧
趕上快速的風族之車
我伴你到那朔方的漠漠黃沙

淒風苦雨的清明已過
下來的重九路途尚遠
躺累了那許多的黃昏及夜晚
　你怎不憤慨兀立

集所有磷火，烤焦那秋海棠的蛀蟲
使萬物俱焚，使十一海中的蛟龍
　死於非命
只當憶起你墳塋碑碣
我會潛然下淚，靜靜

方今熱帶電線上的候鳥已僕僕回歸
你大概再欲憩息一個世紀啦

當吹風落葉的季節又悄然退隱
南來雁將告訴你——
　北國的食屍鳥都饑餓死亡！
惦及的愛被壓擠以千萬斤的土墩
知五指山的奇跡不再出現
我遂感到疾痛，憔損……

盲人

多少歲月在你手杖下戳碎，
你嚴扃靈魂的窗子，拒視一切；
再沒有晚霞與初陽的色彩，
依然是夜，雖殘月已向旭日告別。

記憶裏有喜樂的日子，
高視闊步的雄風今已殞滅；
憧憬中盡是悲楚的餘韻，
可泣的事，一頁又一頁！

像一座嶄新的木魚，

陪伴著落寞的夜，幽怨淒切；
一天一夜將繼續至永恆，
時光皆逝，已失去當年的敏捷！

眼底沒有遙遠的前程，
紊亂的情感在胸中凝結；
靜肅中你寂寞苦待，
數不盡幽憤，向誰宣洩？

生命之失落

牧羊人不知其一頭羔羊已迷失
　迷失於北國的春天
　迷失於希望與毀滅的建築物
牧羊人尚在吹奏著他愛世人的福音呢

一九六三年誰會料及葬身他鄉
臺北的泥土雖芬芳，邦咯的海濤更令人難忘
我們會離去的，蔥鬱的山頭盡是悽愴遊魂
雨紛紛的時節，有人欲泣無淚

取南島的夏熱暖你
盛實天老人的淚顆葬你

（你安詳的臉容不說感謝）
我們分手於一年最珍貴的時刻
　一日最珍貴的時刻

臺大校園一切依舊
阿當與夏娃的子孫們已把杜鵑騎劫精光
　願你安心期待
羅素帶你天庭問罪

親愛的牧羊人別再吹奏馬太福音了
你忠誠的子民已在痛苦後悄然而去啦

（注：實天乃實吊遠的別稱）

九月說

在時間們亟切要求改選聲浪中
任期已滿三十一日的八月倒臺了
九月開始以希特拉之跋扈
　拿破崙之威嚴
盤踞三十州的土地，每天
都向世人揭櫫新的政策，佈示一個新希望
其不懼於三十之末乃危機處處

愛情的挑擔重如喜馬來拉雅
拂去波德申女神的綽姿
扼殺麻河渡頭的彩虹

你肩上困愁數袱，九月隨你而來
　朝向艱辛的途程，你追尋光大的生命
等你，我在松山機場的人潮中
九月，你來，你向東北
九月，你隻身海外，你趕上臺北晨曦

第四輯

【年青的生命遂傲視而笑笑再暴強的也終歸荏弱】

星、浪子、鳳凰木

看那一群座星又在眨著眼睛了，
冷冷地，給我一絲輕笑，
似乎在嘲諷人間些甚麼，
　或在羨慕大地些甚麼。

有一株高聳的鳳凰木總愛，
夜夜守著閃亮的天燈，一如野草
　痛飲宇宙之銀液：
但星星依是不可獲得的呢！

記否當你美麗的小花都綻開時，

羈旅異鄉的浪子將會興喟，
唉！准又是家鄉楓葉紅透坡嶺的季節！

古渡頭

奉天主賦生與寵愛之意旨
你傲然屹立於海之湄

今日我與沉寂偕程
概然冥想一頁你陳舊的自傳
　在湮遠年代你該有斥貶與褒賞
有多少旅人在此泊岸
　又有多少遊子一去不還
蒼老的海鷗尚在高空翱翔
你的落拓已如久絕香火的廟堂
請問昔日擺渡人兒何在？
　昔日擺渡人兒何在？

海上風浪依舊是好緊好緊呵
念及你這般羸弱之殘軀　於此
　抖索又棱棱之夜
如何支捱，如何支捱

為遵守上帝毋殺的五誡
如我，你不能自戕，不能
　將愛深埋
再過一段日子的荒涼吧
請別再頻頻相詢
　何日君再來
何日君再來

新力

說擎地球之軸以赤手
　醉大地之厚以吆喝
　宇宙之魔不禁磔然而笑
三道江河制一股毀世洪流
降自天府　直搗黃泉
　借炎陽之火種
　煮它們以所有生命之熱吧
斯時諸水當憤焰萬丈
　　怒不可遏
山嶽星辰將感昏昏不支

呼胸膛不盡之浩氣於蒼穹
莽莽荒漠之風沙隨之而揚滾
　兼挾千雷萬霆之力
窮凶極惡的宇宙之魔窘困而匿
年青的生命遂傲視而笑
笑再暴強的也終歸荏弱

超度

於一遍又一遍喃喃之誦經後，
是一次又一次錚錚的鼓鈸吹打；
最高智慧的靈魂穎脫邪孽的肉體而出，
依隨念詞與白樂追隨一柩寧謐。

櫺前痛心疾首總是欲免不能的，
哭過人呵，你終被人哭；
看看凡塵夙俗的日子消逝了，
最喧鬧的人間生活窮於此際。

想今夜閻王殿上蠟炬輝煌如晝，

鞫審一總真偽以及一身善惡；
接領發下的簽令到再生橋吧，
陽間有人等待一個新生命的降臨。

雨

宇宙在受高熱後
汗流浹背　拂拭不及
地球策動兩極磁場
吸取宇宙簌簌之汗

恐為此污穢之液體所觸及
帶剪刀的飛禽們振翅離去
那既孤獨又纖弱又有灰黑的生命
再感寂寞

蔥蘢的扯旗山被罩以雲翳

染以團團之黑　冥冥之朦朧
月亮又患傷寒症告假了
知今夜有人不易熬煎冰洋之氣
榛莽之草卻喜於狂飲一夕之甘露

熱帶小曲

有一個晚上
憂鬱使勁地，打從
緊瞌的眼瞼擠出。
那浩重的群風，
　帶著如冬天的冰氣，
　像一個熱帶的女兒，
由腳尖，吻我至臉龐。

這時，我開始愛聽，
這南國風鈴的獨奏。
小樓外的荷葉，背馱著

很多的雨露睡去了，
而螺子們欲將它們喚醒！

料及烈風中的後園，
將有一齣別離的悲劇，
是果實、葉片哀傷地別了母體——
於是，昆蟲們遂奏一首哀悼的歌！

時針立在第四驛站：
失眠的鐘鉈被催著說：
睡吧！寶寶，貓頭鷹已把頭藏向翅下！

打捫路之晨

縈圍，以空蒙氤氳，
　諦聽一個瞬間的呵欠與鼻息；
灰青的林薄，飄舞和風，
遠峰尖頂有拂不去的悒鬱。

最是這晶瑩白皙一顆，
　點點情愫羽化為淚；
粗厚的墩石扶過多少素手？
而消逝了，只是滑濕的苔蘚。

根固於地球粗糙皮膚之下，

都明晰了：草蕪、花卉、樹木，
第一支金箭打從衫緣掠過，
而紫靛、而青綠、而紅渚。
雞不鳴，有狺狺的犬吠，
椰子樹蕭蕭，
汽車駛過，
有煙和霧；再湮沒於自然。
姑娘你何往？工人趕路了呢！

晌午

太陽撤下最熾烈的熱網
　並以九十角度垂直於大地
　大地遂感到暴躁
於是，大地蠕蠕移動欲與宇宙脫離關係
只怨背馱太大的重量
　它不能就此離去，不能離去
風群被炙以九十八度的熱量
現刻，部分紛向葉叢躲匿
　風鈴深悉伴侶被奪
　　只是欲語而無言

而寂悶開始作一次襲擊
　向屋裏的人，以及
那些正在打盹的，或
半側著頭思考的雞畜們

庭前老黃狗正蹲坐不安
　伸長脖子，使勁地打個呵欠
這下子，白蝴蝶被唬得
　　東飛西散
最後，老太婆茫然踱出復又踱入
　好苦啊，她歎說這比長夜更難捱過

夜的幻覺

時間終把最暴躁的太陽
　以黑廂緊緊封閉
　落日因此悄悄入眠
刻下，夜才敢披一襲傳統黑紗
　　挾滿筐迷人蠱惑
躍逾叢樹，跨越江海
　就那麼姍姍地來了
　來自遙遠的山麓
來自安徒生巫婆的魔杖

她傳統的黑紗

將被強烈的光亮損破
她迷人的蠱惑
　將被猛烈的火焰摧折

藉她黑紗的遮蒙
　大地遂有醜惡
受她蠱惑的引誘
　人間遂有罪孽

當孔武有力的白晝漸漸甦醒
黑夜乃攜回滿筐蠱惑
　以奧林匹克短跑之速
遁逃無蹤於熱網之間

留戀於被窩之時，此際
夜乃盡

夜。咖啡廳

聽講社會變遷的到蠱惑棋佈的街道去了
迷濛一片是臺北糾纏不清的塵與煙
離開塵煙又是一片迷濛
　呵，那是赤道旁檳榔樹底的天氣
　那是「喜相逢」內橫飛的泡沫

靈魂解組的人在狂扭，在親熱
誰知道「樂聲」放的是甚麼電影
滿染污泥的纖手廉價出售
祖先姓氏已被篡改得事事皆非
（孔夫子痛心極了，孟先生在太息）

胡言一派換來的是咖啡女郎的一把驚羨
——久候了，令你寂寞孤單
——小姐，我不要胸脯，也不要大腿
　把你唯一昂貴的憂悒送我吧
原始和邊際的吻小愛人會送我
你期望的是金錢與歸宿繪成的無異曲線

塵世的俗物何必投我以驚訝的眼光
不看黑暗盡處又是長巷一道
跨出去吧，勇敢的小姐，性奴超脫時
八二三的光輝引導著你
離別寶島我們西湖再相見

南〇車們於如此寒夜已在公館喁喁私語
街燈把三輪車夫的影子抽得又曲又長
天堂不會收容淩晨在西門町遊蕩的浪子
賜我一席安寧吧，佛陀，我的手完全消毒
我的心永遠是小愛人的

（注：喜相逢是一家咖啡廳的店名。
樂聲是該時西門町的電影院。）

浪人吟

秋打從山麓來，秋又打從山麓去了
　總是那麼匆匆
杜鵑花的殘瓣已走入永恆
此刻，蝸牛已爬過，爬過
　十月愛情的牆面

馬蘭之歌總會唱完的，唱完了
　碧潭將沒春天
　烏來瀑布空守一季寂寞
不要啜泣，摭拾你的青春在
　明日的福隆海濱

一次的「灞陵傷別」我哀樂已沉澱
看幾回江河落日，幾度花開
　我們靜靜的想你

一千四百個潮漲汐退的日子
我看不到萬里長城，我
　朝珠江而哭，我感情已竭
高粱太烈，我嗓子已啞，我仍要乾一杯
　在天安門，在天壇

抹去睫網的露珠吧，總要，總要
希望明天，明天我們

不重逢在綠島，不相見在南方
希望明天，明天我們
伏在廣袤的秋海棠之葉
我們不再分離
我們不再傷別

寫在廿三歲

回宿舍時湖邊的蛙鳴正響
短命的餘暉紅似小愛人初吻的雙頰
　紅似南島熱情的火鳳凰

今夜竟又擁滿身世俗罪孽歸返
釘我上十字架好了，我要為世人贖罪
你佩在胸前的耶穌說：
　我在一千九百多年前也如此上釘
親愛的法利賽人，把我的血留給我母親吧
　將我的肉贈予小愛人

我死後不要門徒拜我，我不能對媽說：
Woman, what have I to do with you
最愚笨的是東方的鄉愿
基督是拿沙勒人呵，誰懂他們祈禱些甚麼呢

我不能上天堂了，天堂靈魂已過剩
讓佛洛伊德給我一次free association吧，
　我精神病正深

回宿舍時宿舍燈火已燃上了
小愛人也許到西門町去了
媽一定尚未入眠，媽會想我至深夜
　　　　　　　　會想我至清晨

夢國中遠遊的孩兒驟見白髮斑斑
唉！讓我以前途為您染黑吧
媽，鷓鴣鳥不再唱歌了
靜下來？咒罵它？或殺死它？
我，呵不！我只會到別的庭園去

後記

原版後記

讀詩，不可能每首都讀。也不可能依著既定秩序去讀。反對這種進階的固然不乏其人，然我相信贊同者亦為數不少。讀過了這裏面的某些詩，算了解，也在同情，甚至在強烈的憎恨那些受過很少家庭教育的人，而我就是其中之一。也許，我並不足以代表所有類似家庭背景的人，然我卻可以說，我們都具有相近的心理與思想，不同或許在於表達方式。

在初校時，我想抽出好幾首詩，然為了保存真相，三思之後，還是讓它們一起付梓，我從無敝帚自珍的思想。

末了，我應感謝游枝（漢炳）同學，沒有他，這些詩也許不能彙編印成集。另外，漢維同學予以封面設計及林同學之代為謄清。校閱之餘，特此致謝。

作者附識、六七、春

青春出版社
馬來西亞森州芙蓉沉香路二一四號C
一九六七年四月初版

附錄

新詩拉雜談（一九六〇年）

首先，筆者對於新詩並沒有甚麼高深的造詣。只是在寫作的生活中，與新詩有密切的接觸。在拜閱樵隱先生大作〈新詩的基本技巧〉後，擬置數言。他將新詩的基本技巧分為五個部分：（一）詞彙、（二）詩句、（三）分段與分行、（四）詩的形式、（五）詩情與詩境。

這樣的區分法，相信對初學新詩的朋友，具有重大的意義。樵隱說得非常好，初學新詩者，應該先從「詞彙」這方面著手；否則，毋論你有多豐富的情感，你一貧如洗的詞彙卻無法讓你把要抒發的引起共鳴。那麼，所能寫出來的詩，恐怕僅能自珍。詞彙貧乏的一個例子是，同一樣的詞彙，在同一首詩裏出現多次。請看下面這首詩：

清晨在林間散步，
美麗的露珠，
像金珠一般美麗……

由上詩看來，僅兩句「美麗」便使讀者覺得欠缺甚麼的；倘若在這種情形之下，若再有第三個「美麗」出現，如「美麗的林間」，我相信只要對新詩稍有認識的人，都將會感到莫名其妙。當然，因技巧的運用而重複引進同一詞彙是個例外，是其妙。

在同一種情形之下是修辭方面，也就是用字的問題，如露珠、金珠。在同樣情況下，也有人會因太酷愛某些詞彙，竟也在一首或好幾首詩作裏重複地使用，例如「眸之領域」：

（一）
當故物呈現，
在眸之領域，
以一駒茁壯的野馬……。

（二）
鵲橋隕落兩點寒星
竄入　我眸之領域
　　乃有匆匆一瞥

（三）
十二月密度過大的雨雷，
會聚在我眸之領域，……

那麼，怎樣的修辭，有怎樣的用字才稱得上是好呢？或，最少，不會給人生厭呢？在下面這首詩中，我們可以窺見一斑：

任有千千回的擊浪，
沖不掉我對山城的懷念；
任有萬萬次的浩風，
吹不滅我對芳芳的思戀。

其中在「千千回萬萬次沖不掉吹不滅」中，我們可以看出，作者曾花過心思在詞彙的琢磨上。假如這首詩寫成如下，就不太容易被讀者接受了：

就是有萬萬次的擊浪，沖不掉我對山城的懷念；

就是有萬萬次的浩風，吹不掉我對芳芳的懷念。

際此值得一提的是有關詩歌的簡潔要素：能僅用兩個字，就不用更長的詞句來表達同樣的心緒，如從「就是有」改為「任由」或「縱有」。雖不絕對恰當，但簡潔的要求是做到了。

我們知道，詩的特色就是將心中的情趣和感觸，用一種鏗鏘的音韻和優美的形式表達出來。

的確，目前有不少人諷刺新詩為散文的分行。也的確，很多人也把詩寫成了散文。把散文寫成詩，那是最好的散文。把詩寫成散文，那是壞詩！因此，我們讀詩和散文時所感覺到的，迴然不同，為甚麼呢？概括的說一句，詩中所運用的應是最簡練的語言。

樵隱先生在文中已舉過一個散文與詩的分別的例子，我們不須再花篇幅去贅述。有了豐富的詞彙，有了很好的題材，那麼，要如何去表達才好呢？且先看瘂弦這首〈流星〉：

提著玻璃宮燈的嬙妃們
幽幽地涉過天河
一個名叫彗的姑娘
呀的一聲滑倒了

在這首詩中，只是簡單的數行，而描繪了那種高超、逸麗的意境。最難能可貴的是，作者在詩中不曾寫上半個「星」

字，而它的題目卻是〈流星〉。這不能不佩服作者展現技巧的老練。

有很多的詩，嚮往使用「衝呀！殺呀！打倒呀！推翻呀！」這些字句，若把它們歸之於宣傳標語類，是有過之而無不及的。這類字句的使用，只有擾亂詩的意境，破壞詩的優美。在評審詩的好壞，這是一個重要的關鍵。

最後，要談詩的形式，我們必須要追溯到五四運動的歷史。

自胡適等提倡新文學運動後，新詩繼其他文學之後，由古文的枷鎖擺脫過來。那時的新詩，如以現在的眼光去衡量，當然談不上甚麼水準。可是到了聞一多、徐志摩、劉大白等人的時候，便有很多可以上口的新詩作品流行於當時的文壇。

不過，那時的形式，像今日的馬華文壇一般，還沒摸索出一條道路來，他們因此分門立派起來，新月派是其中佼佼者。

現在的星馬新詩壇，也陷於這種可悲的狀態中，約有兩種情形，卻各走極端。這兩種情形涉及詩的實質與形式的另一面向：到底是先有內容後有形式，抑或先有形式而後補上內容。基於斯，主張實質的人，他們是反對形式的。正如一九五八年在《蕉風月刊》裏，淩冷君提出了「新詩再革命」的論調；他認為詩人應是「寫」新詩而不是「造」新詩。他甚至更提出說，固定形式有礙於詩的實質的抒發。自從他打起這支旗幟之後，仿效者頗眾。

可是這論調的副作用，或東施效顰的效應，也應運而生。現在有些初學者，把新詩寫得一塌糊塗，令讀者摸不著頭腦。結果給人的印象是散文有餘，詩質不足，也多被諷刺為散文的分行。

另一方面，甚至已懂寫詩的人，卻也把古靈精怪的形式套在其詩作上，艱澀難懂，如下面這首詩：

我 遂不 再

留戀了

這 河以及

這

溪流

單指形式上而論，作者根本就不是在寫詩，而是在「擺字陣」，或也可美其名曰「詩中有畫」。這罪應歸咎於「蕉風派」所播的種，所結出的果。

至於先形式而後內容的一派，則往往不惜功夫、時間，去從事雕琢、擠韻，十六行就是十六行，十四行就是十四行。除此之外，便宛如無詩可寫似的。這該是文匠而不是詩人。還好，像這兩類的詩，以內容來說，也偶有佳作。只是，若這兩種走極端者，仍繼續固執下去，再過幾年以後，我敢說，星馬詩壇將變成一團糟粕。

畢竟，平心靜氣而論，如果前後兩者能夠融合，選其精而芟其蕪，效果必會更佳。換言之，後者放棄固定的形式及押韻，前者把形式稍為加以約束，有自然韻的當然更好，但不必強求。在這樣的交配之下，星馬詩壇將放異彩。同時，在這種環境的培育下，初學者才不會感到苦惱。

末了，據筆者年來所觀察，有些作者喜歡在詩中加插一些英文字。這個並不是不可以，也並不是不好；在許多的情形之下我們也可以試用的。不過，最忌用一些艱深、不普遍的英文字，此舉恐會模糊了全詩的意義。

請品味這樣的詩：「3加5等於6。」以及：「昨天的昨天的昨天。」以及：

你如相信三不等於五，
二條平行線不能相交，

你就是笨蛋！

這些是詩嗎？有說見仁見智。亦有說除了作者本人能欣賞之外，誰都要退避三舍，不敢恭維。可幸的，這還沒出現於馬來亞詩壇。這只是拉拉雜雜寫下來的，還希望高明之士能予以斧正、賜教！

（注：原文〈新詩拉雜談：讀《新詩的基本技巧》有感〉，署名杜薩，乃發表於《南方晚報》一九六〇年四月二十五日和五月三日的晚園版；二〇一九年底重修。資料來源：新加坡國家圖書館微卷，編號NL2895/2896）

新詩的流傳性（一九七八年）

寫新詩的人越來越多。在星馬來說，可說是有目共睹的事實。但我們卻很少問讀新詩的人是否亦與日俱增？或問能背誦一兩首（自己的或別人的）新詩的人又有多少？能一字不漏地背上一首新詩的，恐怕尚沒有。可是，為甚麼一般人都能背誦孟浩然的〈春曉〉？誠然，這只算是一首短詩。張繼的〈楓橋夜泊〉較長，能背誦的人相信也不少。詞曲可能較難背誦，但亦有相當多人可以背讀出李後主的〈虞美人〉和馬致遠的〈天淨沙〉。若我的觀察是對的話，個中必有原因。

原因應不止一個，歸根究底，那是形象與記憶間的問題。前者是外在的；後者則是內在的。有些形象，非常普遍，或屬個人偏好，腦力再糟的也會記牢。另外一則是內在原因，那涉及詩的結構。我必須承認我把此問題簡化了，只藉此以拋磚引玉而已。以目前的新詩水準來談，大部分戰前星馬的新詩，夠不上技巧。異議者至少也該贊同一點：兩時期作品不屬同一類。我們在此只談戰後星馬的新詩壇。

在五十年代至六十年代中期，本地新詩受香港的影響最深，之後，是臺灣的影響較大。其中亦不乏本地創作。談起前者，我們總得談談鄭健柏（力匡）先生。「力匡」是他寫詩常用的名，在《蕉風》、《學生周報》及《南洋商報》發表過不少新詩。他似乎是在六十年代中期曾停止寫新詩一個時期。

他對星馬新詩壇的最大影響，想是「豆干」體新詩的發揚。所謂豆干體主要是指十二行及十六行的格式。記得該時有許多年輕詩人對豆干體趨之若鶩，努力向他看齊。他的影響力稍後更為深遠。尤其是他為《南洋商報》編選新詩之時，每日選刊一首，刊於《商餘》版上。被選中的作者，皆有「一登龍門」的光榮。

較後，白垚，又署名「林間」或「淩冷」，在《蕉風月刊》發揚「自由體」新詩，以分庭抗禮。此體有別於豆干體，尤其它的文字結構毋須遵守一定格式。行數與字數皆不拘。其中未必有因果關係，但豆干體詩自該時起就漸趨式微了。其後雖偶有豆干體新詩出現，似乎已激不起共鳴了。雖說豆干體只比較適合青少年的口味，卻具有流傳性的條件。

新詩的好壞，不在於字數的多寡。亦不能斷於其結構形式。詞有好詞，曲有好曲，詩亦有好詩，雖各具特殊體裁。好詩有很長的〈長恨歌〉，亦有很短的〈短歌行〉。不管詩詞歌曲，抑或長調短歌，卻具有兩大結構上的條件：固定字數排列及押韻。雖然流傳性廣泛未必能斷定詩的好壞，但流傳下來的中國古詩都不失為好詩。

新詩者，當然不必按照固定字數排列而寫。但若我們要使新詩廣泛流傳，則其亦不應缺乏古詩流傳性的要件，其中之一乃是固定字數排列。在此種矛盾的情況下，有個折衷方案：固定行數。所謂固定行數，即每一新詩需寫足規定的行數。例子有四（行）乘三（段）的十二行，及四乘四的十六行等；其變異體亦可加以規定。問題是誰來決定這種行數？星馬的文人，上下左右派都有；政治宣傳重於純文藝創作。其實，文藝不需靠政治去發揚。具有政治抱負的人，可寫其政治文藝。無者任其風花雪月。這樣，文藝才有真正的生命。

詩的流傳性第二內在要件是押韻。舊詩押的韻有韻譜可查。但字數上卻沒國音音韻更多或更普及。因此，新詩押國音音韻應最適宜。詩之押韻，可增進詩之聲樂感。有聲樂感的詩，會比無者來得易讀易記。具有詩質的人而厭惡聲樂者，鮮矣。新詩中四行若有兩行尾字押韻，知其一尾字，當不難記憶另一同韻尾字。詩越長，所要記的字就越較為少。押了韻的詩，就會較容易流傳開來。

或有人質問：豆干體新詩不自今日始，為何目前尚不見有雅俗共賞的作品？原因或有二。其一為固定行數畢竟不比固定字數來得濃縮。閱讀及背誦上當較困難。自由體則更次之。另一原因可歸咎於政治意識之荼毒。在政治意識督導下的文藝，只有皮膚，沒有血肉。更談不上精神了。其實，好詩是不分社會階級的。沒有良好學養的人，不論帝王諸侯，或販夫走卒，斷不會寫出好作品。寫詩者必先有詩質，再加上學養，才會寫出好作品。只具前者，可當讀者。僅具後者，可作評論家。

以上所述，僅涉及內在要件。另有外在要件。這兒只提出兩個。一個是把新詩編入課本或大學教材。其二是將新詩譜曲。

我只記得首次在課本上出現的兩首詩為〈黃蝴蝶〉及〈烏鴉〉。作者為胡適。這兩首詩當然夠不上現代要求，但它們畢竟是首期的白話作品。其功用不在文藝水準，而在於開風氣。問題是，這兩首並非好詩，但我們讀過後皆有一點點的印象。若是水準更高的新詩，印象就更深刻了。這個外在因素，不可能說不重要。若以內在的結構再配合，新詩的流傳範圍就更廣了。

另一外在因素是譜曲。古詩詞譜曲的不少。順手拈來有以下各種：滿江紅、渭城曲、花非花、大江東去（念奴嬌）、塞上聞笛、木蘭詞等等。愛好民歌或文藝歌曲的人，一定可以一字不漏地背出曲中之詩詞。其實，好歌唱的人，連最劣等的歌詞也可背出。新詩怎不採用此法以傳後世呢？比較早入曲的新詩大概是〈偶然〉。那是徐志摩的作品。有兩種音調。

新詩之所以為「新」，是因為它不泥古，不拘形式。若採此定義，則新詩是從詩的一極端，走到另一極端。亦有以為新詩雖可「新」，卻不必完全脫離舊傳統。另一問題是不見得舊的都是不好。白話文是「白了」，但太白了恐會失去一脈相承的傳統。那麼，「自由」體新詩的根基在哪兒呢？有說在英詩。但英詩多少有押韻。因此，新詩的流傳性或與文化傳統有關。

有人或說：現代的社會，形象複雜，感受亦當然不受「刺激—反應」的心理定律支配。表之於詩，當然無格式可言。

這種看法，近乎意識流。但其中亦有商榷餘地。社會形象複雜與有否規律，是社會學與心理學之範圍。最少，至今尚無社會學家認定社會全無規律。另一可爭議之處是：以無系統的體裁表現無系統的現象，只能吸引無系統的讀者。寫「新」詩的人，有感而發，可以毫無系統。但讀詩的人是否願意接受呢？詩歌欲流傳，不得全無形色。

星馬的本土好好詩（二〇一六年）

前兩篇有關新詩的文字，分別在一九六〇及一九七〇年代發表，算是代表了該時代的觀點。許多年之後，好詩和好好詩應該增加了不少。在品質上而言，新舊詩都可分為孤芳詩、好詩（佳作）、和好好詩（傑作）。一般人都能朗朗上口的格律詩，應該是好詩。新詩一般上缺乏供背誦或流傳的條件，故目前還不能拿這條件來做品質分類。若讀詩也須有才華的話，我倒有些斤兩。我真正讀過的早期的好好詩便有威北華和周喚等的作品，我最終挑選了白垚和淡瑩的。

僅寫孤芳詩的，也偶有佳作。當然，寫出好好詩的偶爾也會寫出孤芳詩。這兒節錄的六首詩，夠得上傑作。我篩選的條件是很主觀的，就好像我特別欣賞男、女高音。可是，從來沒聽過歌者排名僅以音調為準的；但自己卻可以私下這麼做，我就是這麼做。

所選出的六首詩，有一個共同特點，那就是它們已超出「文字優美」這個作為好詩的基本要求。他們遣詞措字高度簡潔，典故雖用卻不鋪張。最重要的是作者們對現象觀察入微、獨具慧眼。同一個現象，應有多種的詮釋；他們所採取的不但脫俗，而且高超。甚至可以說，讀者讀後會不禁地對自己這麼說：「怎麼我沒這樣想過！」另一個特點是，他們從芝蔴小事看百像，而且喜笑怒罵皆可入詩。你不得不佩服他們豐富且深邃而不野的想像力。還沒細讀它們的詩之前，我以為我也有。現在知道是從來沒有過，而不是沒有了。

淡瑩三首：

〈梳起不嫁〉

掌中小小竹篦
一梳就梳起了
今生今世的歲月
梳掉憧憬和浪漫

把二八年華梳成漫長寂寞的道路

三千縷情愫
被緊緊綰在腦後
順溜、密實、服貼
再也不能隨意飛揚

解讀：順德媽姐的獻身，是一生一世的事。以她們梳起的外在髮結來表述其內心世界；是被梳的髮，還是被髮束起的人？真個神來之筆，功力之高，無與倫比。

〈傘內。傘外〉

我摺起傘外的雨季
你敢不敢也摺起我
收在貼胸的口袋裏
我不知該往何處
會你，傘內，還是傘外
然後共撐一小塊晴天

解讀：小姑娘要和愛人更親近，要愛人把她摺起來，放在胸口袋，然後又要只給兩人共用的、那麼一丁點兒的、傘內的天內天。多麼 cosy（溫馨）呀！男仕曾想過要把愛人摺起來嗎？那得在下雨天，且又不是穿熱褲的辣妹哦；要不然，胸口會擦出火花而被燒個洞的。

〈廣告〉

心房出租
租金昂貴不是原因
空間太小
容納不了幾樁往事
開門關門

總被甜酸苦辣堵住
裝修或重建
待來世再進行吧

解讀：我從沒想過，招租廣告也可入詩。招租的不是一般的房而是心房。想把往事忘掉，大有蚱蜢舟載不動之考量。就租個（心）房子來存放吧，還是太狹小。也許得擴建；來生吧，今生緣已盡了。你說夠不夠哀怨？

白垚三首：

〈長堤路〉

傍晚，和你散步

走在橋上，聽腳步踏出聲音
北行的星隆快車剛進站
鈴聲正響起
我見新山雕樓的燈亮了
而你我正在橋上

解讀：這詩描述甯靜的意境，靜得可以聽到自己的腳步聲。這靜卻突然被火車聲以及突然發亮的燈光戳破了。只要兩人還走在一起，靜繼續留駐。

〈南斜〉

老來病矣

問還能狂勝那三杯否？
猶記當年醉態
擊鼓看劍拍遍欄杆
鼓爛杆朽劍已沉沙
縱詞挑眾心眾心皆飲泣
舉座紛紛紛紛是淚
三杯醉矣，醉又如何？
醉語紛紜，紛紜皆醉語

解讀：梅淑貞說她最為此詩傾倒。年輕時強說愁的老來也免不了會想當年，從豪氣到洩氣，盡在紛紜、紛紛、紛紛紜紜的醉語中。還記得李白的〈將進酒〉和杜甫的〈登高〉嗎？

不使金樽空對月的豪情，無邊落木的蕭索，盡在其中。

〈海邊的……〉

要燃松火送你過長堤嗎
如不怕談往事，
小茅屋裏有燈
而且燈舊，多麼好的chatting time

解讀：長堤不是很暗，松火不燦亮，也留著暗。燈舊，屋小，最好談舊事。在燈火通明的大廳，也可以chat嗎？

作者簡介

出生於馬來亞。中學畢業後負笈臺灣與加拿大。在近乎半個世紀的教學與研究生涯中，足跡主要遍及新加坡、臺灣、香港、北京和廣州。學術性的論文多涉及華人／華僑的臍帶文化，以及方言群與幫會的組織。在文藝寫作方面，中學時代勤於新詩及散文創作，《鳥的戀情》的出版是那個時代的一個寫照。教學初期也嘗試過撰寫星馬社會評論，《流放集》反映出作者那時段的心態。從中研院和清華退休後，尤其是往後在新加坡華裔館的自在歲月裏，作者返回馬華文壇重作馮婦。《鳥語鳥話》和《與智者和愚者同行》便是這時段的文學作品。

國家圖書館出版品預行編目(CIP)資料

鳥的戀情/

麥留芳著.--初版.--高雄市:
中山大學人文研究中心. 2020.11
面; 公分.
ISBN 978-986-98685-8-7

1.文學創作 2.詩集

868.851 109015512